JN191682

THE CLEVER PRINCESS

DIANA COLES

アリーテ姫の冒険

ダイアナ・コールス

大月書店

THE CLEVER PRINCESS
by Diana Coles & Ros Asquith

Japanese translation rights arranged with the author
through Tuttle-Mori Agency, Inc., Tokyo

Illustrations reproduced by arrangement with
Ros Asquith c/o United Agents, London,
through Tuttle-Mori Agency, Inc., Tokyo

日本の読者のみなさんへ――三十年ぶりのごあいさつ

『アリーテ姫の冒険』を書いたころ、わたしはギリシャのアテネに住んでいました。フェミニズムを知ったばかりで、その考え方にとても刺激をうけていました。一九八〇年の夏、一週間くらいでこの物語を書き上げました。タイルの床に寝そべり（いすがなかったのです）、窓の日よけを閉めきって、ひたすらノートにペンを走らせたのを思い出します。ノートパソコンなどない時代です。ワープロを買ったのも何年かあとでした。夜になると、アーティストの友だちのスージーに会いにいき、日々のあれこれや、世の中をどう変えたいかを語りあってすごしました。二人とも若かったのです。

いまでは、おとぎ話のなかで、強い女性がヒロインとして描かれることもめずらしくありません。でも当時は、そうではありませんでした。ですからわたしは、古いステレオタイプ（こうであるべきだという偏見や思いこみ）を打ち砕くという、かなり思い切ったことを自分はしているのだと感じていました。

わたしがイギリスに戻ってから、そのノートは引き出しにしまいこまれたままになりました。息子が生まれて、わたしの生活は大きく変わりました。あるとき友だちに

『アリーテ姫の冒険』のことを話すと、出版社に原稿を送ってみるようすすめられたのです。そのころ何社かあった、フェミニスト系の出版社のうちの一社に原稿を送ったところ、おどろいたことに出版されることになりました。

三十年以上たったいまでも、この本を読んでくださる方がいることは、わたしにとって大きなおどろきです。思いあたる理由はふたつあります。

ひとつは、この物語をつくるうえで、三つの願いごとや魔法の指輪といった、おとぎ話に典型的な要素をとりいれたことです。こうした要素は、わたしたちの潜在意識（自覚されない意識）にふかく根づいているので、多くの人の心にひびくのかもしれません。

もうひとつは、当時のわたしは若くて、しあわせな日々を送っていたということです。思い出すのは、タイルの床にふりそそぐ太陽の光、ギリシャワインとビーツのサラダ。そしてなにより、笑い声です。ほんとうに、わたしたちはよく笑っていました。この物語には、あの太陽の光と笑い声のいくぶんかが入りこんでいる気がします。

ダイアナ・コールス

もくじ

第1章
かしこい王女

むかしむかし、それはそれはお金持ちの王さまがいました。

お城のなかのたくさんの宝石箱や引き出しには、ダイヤモンド、サファイア、アメジスト、トルコ石、それからルビー、エメラルド、真珠、オパールと、もう、ありとあらゆる宝石がぎっしりつまっていました。そればかりではありません。王さまの冠は金と銀でできていましたし、首飾りや腕輪、それから食卓のカップやおさらも、フォークもスプーンも、みんな金なのです。

王さまはこれまで、ずっと宝物を集めて生きてきましたし、王さまにとっては宝物がこの世でいちばん大切なものでした。

Pearls (Large)
Pearls (Enormous)
Pearls (Magnum)
ONYX (Assorted)
Jet (Various)
Jet (Jumbo)
Gold
Pearls
Opals (Huge)
Opals (Big)
Gold Dust
RUBIES
BIG RUBIES
VAST RUBIES
BIGGEST RUBIES
DIAMONDS (Large)
DIAMONDS (Gigantic)
SAPPHIRES (Giant)
GOLD FORKS
Silver PINS
GOLD CUPS
SILVER SAUCERS
GOLD DISHES
Silver Goblets
Taps (Gold)
Silver Plates
GOLD teapots
SILVER DAGGERS
GEMS assorted
TIARAS (GOLD)
CRYSTAL BALLS
SILVER SPOONS (babies for use of)
EGG-CUPS (GOLD)

お妃さまが、ひとり娘のアリーテ姫を残してなくなってから、何年かがすぎていました。王さまはいつもいつも宝石をかぞえて、泥棒にぬすまれないかと心配ばかりしていたので、小さなアリーテ姫と遊んだり、話をしたりするひまはありませんでした。

けれども幸いなことに、お城にはアリーテ姫をとてもかわいがってくれる召使いがいました。ワイゼルという名のおばあさんで、姫はその召使いから読み書きを教えてもらいました。本を読むのがだいすきな姫は、十五歳のころには、王さまの書斎にある本をほとんど読みおえてしまいました。なかには、むずかしすぎて王さまには読めない本もあったのです。ワイゼルおばあさんはまた、姫にぬいものや絵のかき方も教えてくれました。おかげで姫は、ドレスをぬったり、お城にいる人たちみんなのにがお絵をかいたりするのもじょうずになりました。

もちろん王さまだって、姫のことをまるでほうっておいたわけではありません。王女として身につけなければならない乗馬やダンスや、チャーミングな話し方も習わせていました。いつか、お金持ちの王子さまがあらわれて、

「宝石をたくさんさしあげますから、姫と結婚させてください」

といってくれるのを待ちのぞんでいたのです。

アリーテ姫は乗馬のレッスンがだいすきでした。新鮮な空気をすって森や林のなかをかけめぐるのは、とても気持ちがよかったのです。ダンスのレッスンもお気に入りで、とくに元気が出る曲にあわせておどるのはだいすきでした。でも、話し方のレッスンというのは、ひどく退屈でした。

話し方を教える家庭教師が、

「まあ、ほんとうでございますか」

「なんて興味ぶかいお話なんでしょう。もっとおきかせくださいませ」

と答えるようにいくら教えても、姫はいつも、

第1章　かしこい王女

「わたしはこう思います」

とか、

「わたしの考えでは……」

といってしまうので、すぐに家庭教師とけんかになってしまうのです。

　こんなこともありました。王子の役をした家庭教師が、庭に咲くバラをさして、

「この花はお好きですか。アフリカからきたバラですよ」

と、たずねたとき、ほんとうは、

「まあ、なんて興味ぶかいお話なんでしょう」

と答えなければならなかったのに、

「いいえ。このスプレンディフィオラというバラは、サウジアラビアで栽培され、イギリスには三百年ほど前にわたってきました」

と答えてしまいました。

これをきいた家庭教師は、もうカンカンに怒って、ぼうしを庭になげつけ、じだんだをふんで、王さまの部屋にノックもせずにかけこみました。そのとき王さまは、大きな箱いっぱいの宝石をかぞえるのにむちゅうでしたが、その王さまにむかって家庭教師はさけびました。

「王さま、あなたの王女は、アリーテ姫は、かしこいのです！」

「なに、かしこい、だと」

王さまは、持っていた宝石を落とさんばかりに、おどろきました。

「まさか。そんなはずはない。だが、もしそうだとしたら……。嫁のもらいてがないではないか」

家庭教師は身をふるわせながら、いましがたおこったことを、王さまに話しはじめました。宝石のことばかり心配していた王さまは、姫が本を読んだり、絵をかいたり、ドレスをぬったりすることを、まるで知らなかったのです。

第1章 かしこい王女

「姫、おまえがかしこいというのはほんとうか。ずっと前から本を読んでいたっていうのは、ほんとうか」

「はい、おとうさま」

「もし、かしこいなんていうことが世間に知れたら、だれもおまえと結婚しようなんて思わないぞ」

王さまは、頭をかかえてしまいました。

「とんでもないことになってしまった。かしこい妻をもとめる男など、この世にいるわけがない。自分の考えばかりいって、口ごたえする女と結婚したい男なんているものか。女はやさしく、かわいいのがいいんだ。かしこくなんかないほうがいい！」

「でも、おとうさま」

「でも、なんだ？」

王さまは、かみなり雲みたいなふきげんなしかめっ面で、きき返しました。王さまはカンカンに怒っていたのです。

「わたしは結婚なんかしたくありません」

「結婚したくないだと。なんとばかなことを。どこの王女もみんな結婚するのだ。女が結婚しないで、いったいほかになにができるというのだ。そうだ、早いほうがいい。おまえがかしこいということを世間に知られる前に、結婚させてしまおう」

王さまはすぐに、姫の結婚相手をさがすおふれをだしました。さっそくあちこちの国から、王子たちがやってきました。

いちばん乗りは、となりの国のハンサムなダラボア王子です。金髪の巻き毛の王子は、晩餐会のあいだじゅう、ドラゴンや人食い鬼を退治して、たくさんの娘たちを救い出した手柄話を、自慢げに話すのでした。

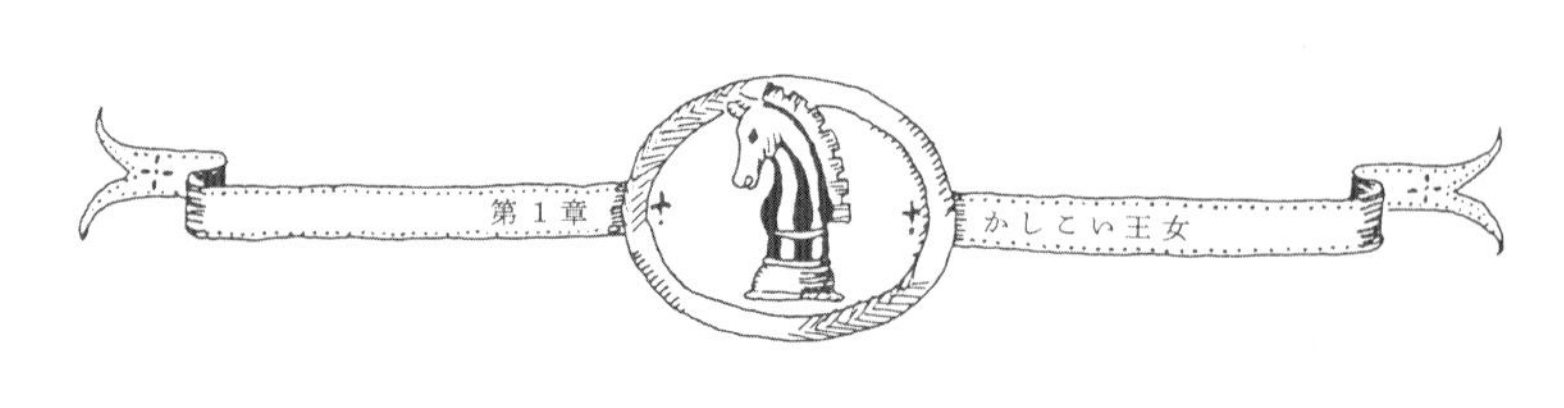

晩餐のあと、王子は姫をチェスに誘いました。チェス台をしつらえた夕暮れのテラスには、さわやかな風が吹きわたり、庭にはクジャクが羽根をひろげ、バラの香りがただよっていました。

アリーテ姫は、書斎にあった本でチェスを勉強していましたし、王さまのけらいたちを相手に練習をつんでいましたので、王子が人食い鬼退治の話にむちゅうになっているあいだに、じっとチェス台をみつめ、わずか十五手で王子を負かしてしまいました。

王子は美しい顔をちょっとしかめ、
「では、もう一度」
と、いいました。

二回目も、十四手で姫が勝ちました。三回目には、王子はあからさまに不快な顔をしながら駒をならべましたが、今度はたったの十二手で勝負がついてし

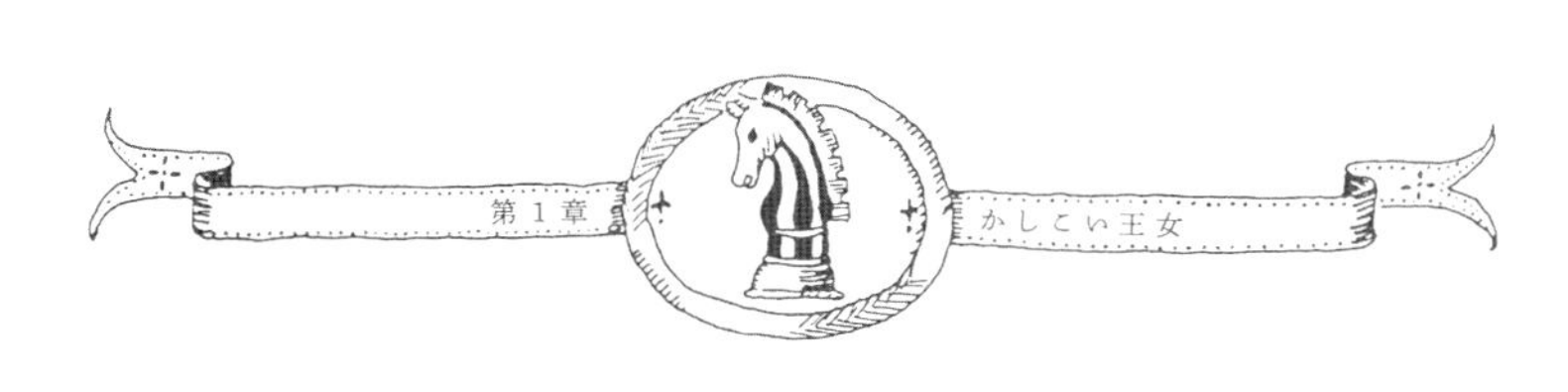

まいました。

王子はいすをけってたちあがり、王さまに、

「失礼しますッ」

とだけいうと、姫には目もくれず、馬に乗ってさっさと自分の国へ帰ってしまいました。

つぎの日、王さまはたいへんきげんが悪く、宝石の数をかぞえまちがえてばかりでした。

「かしこい王女だと！　なんということだ」

と、朝食もとろうとしません。

お昼になると、湖のむこうの国から使いの者がやってきて、その国のコンプリィ王子を、アリーテ姫に会わせてほしいとたのんできました。王さまはすこし元気をとりもどし、夕食にはたいへんなごちそうを用意させました。

黒いまっすぐな髪と、茶色の目をしたコンプリィ王子は、晩餐会のあいだじゅう、アリーテ姫のことを

「あなたの瞳は深い森の湖のようだ。あなたの髪はしなやかな絹糸のようだ」

と、ほめたたえました。

けれどもアリーテ姫は、ごちそうを食べるのにいっしょうけんめいでした。そう、今夜のごちそうは、ローストチキンと豆のはちみつ煮に、ベークドポテトとほうれん草ぞえです。だから、そんなほめことばは、ほとんど耳に入りません。それにじっさい、姫は毎日鏡を見て、自分がどんな顔をしているか、じゅうぶん知っていましたし、他人からどんなふうに見えるかということには、とくべつ興味がなかったのです。

夕食後、王子はナイチンゲールのさえずるテラスで、ふたたび姫をほめはじめました。アリーテ姫はローストチキンでお腹がいっぱいでしたし、同じことばかりきかされるので、ついウトウトと眠くなってしまいました。

「あなたの歯は、月の光に映える真珠のようだ」

王子のことばは、大きないびきにさえぎられました。アリーテ姫は、ぐっすり眠りこんでしまったのです。

カンカンに怒った王子は、王さまに、

「さようならッ」

とだけいうと、馬にまたがり、うしろもふりかえらず帰ってしまいました。

姫は王子が帰ったことも知らずに、月の光をあびてテラスで眠りつづけておりました。


「かしこい王女だと。なんということだ」

王さまは、前よりもっと怒って、三日のあいだ宝石を手にすることもなく、お城のなかでどなりちらしていました。

　こうして何人もの王子がやってきましたが、みんなアリーテ姫のかしこさにびっくりして、逃げ帰ってしまいました。姫は「まあ、なんて興味ぶかいお話なんでしょう。もっとおきかせくださいませ」なんていうこともすっかり忘れて、自分がほんとうに思ったことを話しつづけたのでした。結婚しようという王子がだれもいないので、姫は、馬に乗ったり、ダンスをしたり、本を読んだり、絵をかいたりして、しあわせにすごしていました。

第2章
魔法使いボックス

何か月もたったある日、長いマントをひるがえし、灰色のあごひげをはやした、ボックスと名のる年かさの男が、アリーテ姫と結婚したいとやってきました。王さまは、新しい花むこ候補の出現に、とびあがらんばかりによろこびました。ボックスは、じつは悪だくみをもった魔法使いなのですが、王さまはそんなことは知るよしもありません。

「アリーテ姫は、かしこい方だとうかがってきました」

魔法使いは、王さまにいいました。

「いや、なに、かしこいといっても、ほんのすこしだけだ。それに二、三年もすれば、そんなふうではなくなるだろうし」

「いいえ、わたしはかしこい女性を妻にしたいのです。だから結婚したら、三つのしごとを姫にお願いします。そしてアリーテ姫が世間でいわれるほどにほんとうにかしこいか、証明していただきたいのです。しかし、もしできなければ姫の首を落としてもいいと、約束していただけますか」

王さまは、おどろいていいました。

「そんなおそろしい約束など、だれができるものか。どんなに世話がやけても、わしの娘にかわりはないんだ」

するとボックスは、マントの下からおもむろに小さな箱をとりだしました。

「もし、しょうちしてもらえれば、これをさしあげましょう」

小さな箱にぎっしりつまった、かがやくばかりの美しい宝石をまのあたりにした王さまは、思わずさけんでしまいました。

「いいとも、しょうちしよう。姫はかしこいのだ。もちろん、どんなしごともやりとげるにちがいない」

王さまは宝石箱を両手でつかむと、三日以内に結婚式をあげることを告げに、アリーテ姫の部屋へとんでいきました。

アリーテ姫はとてもびっくりしてしまいました。もともと結婚する気などなかったアリーテ姫は、いじわるな魔法使いにしか見えない、見しらぬ男との結婚などまっぴらです。困りはてて、いちばん親しいワイゼルおばあさんをたずね、いちぶしじゅうを話してみました。

ワイゼルおばあさんは、困ったようにこういいました。

「よくおきき、アリーテ姫。この国のきまりでは父親が結婚を命令すれば、娘はそれにさからえないのですよ。

あなたのいうとおり、ボックスという男はたしかに、たちのよくない魔法使いね。だからちょっとやっかいなんですよ。いいふらすようなことではないから、いままでだまっていましたけど、わたしはじつは魔女なんです。ボックスが魔法使いでなければ、わたしがすぐにひき蛙やかたつむりに変えてしまうんですけどね。

わたしがあなたにしてあげられることは、あなたが困ったときに、三つの願いをかなえてあげることです。あなたの身があぶなくなったときに、きっと役にたつはずです」

ワイゼルおばあさんは、小さな金の指輪をアリーテ姫の指にはめながら、こういいました。

「この指輪をこすりながら、願いごとをとなえなさい。三回だけは願いがかなえられます。でも、三回だけですから、けっしてむだにしてはいけませんよ。

アリーテ姫、自分がかしこい娘だということを忘れないでね。だいじょうぶ、心配しすぎることはないですよ」

アリーテ姫はワイゼルおばあさんにキスをして、お礼をいいました。そして、前よりうんと気分がよくなりました。

三日後、王さまが約束したとおり、結婚式があげられました。盛大なお祝いの宴がすむと、ボックスはさっそく王さまに、もし姫が三つのしごとをやりとげられなかったら首を落としてもいい、という証文を書かせました。そして、姫に馬に乗るように命じて、夜どおし自分のあとを追って走

らせ、海につき出た、うす暗くて陰気なお城につれて帰りました。

ボックスは妻になった姫の腕をつかむと、ものもいわずいくつもの扉をくぐり、廊下をわたり、暗くて長くつづく階段をおりていきました。そして、地下の小部屋へ姫を押しこめると、外からがんじょうな鍵をかけてしまいました。

自分の部屋にもどったボックスは、うすぎたない召使いのグロベルをよびつけ、いじわるな笑い声をあげるのでした。

「とうとうアリーテ姫をつかまえたぞ。いま、ねずみがいっぱいの穴ぐらにとじこめてやった」

「ねずみといっしょですか、ご主人さま。それはすごいですね。王女なんていうのは、ねずみをとってもこわがるものです。きっとひと晩で髪の毛がまっ白になるほど、おそろしい思いをすることでしょう、ワッハッハ」

グロベルは手もみをしながら、こおどりしてよろこびました。ボックス

は満足そうな笑みをうかべました。

「そうとも。あの占い師が水晶の玉で、アリーテ姫がわしを死に追いやると予言してから、わしはずっとアリーテ姫をさがしていたんだ。やられる前に、やってしまわなくてはならん。さあ早く、ぜったいにできっこないいじわるな問題を、いますぐ考えるんだ」

「はい、えーと。いや、ちょっとまってください、ご主人さま」

「ばかもん。なにも思いつかんのか。わしを支えるのがおまえの役目だろう。わしにはいい考えがごまんとある。うーん、こんなのはどうかな。いや、うーん」

ほんとうはボックスにも、いい考えなどなんにもなかったのです。二人はひと晩じゅう部屋にすわりこんで考えつづけましたが、けっきょくいじわるな問題など、なにひとつ思いつくことができませんでした。

第3章
虹色の絵の具とふで

さて、暗いじめじめした穴ぐらにとじこめられたアリーテ姫は、本を読むためにいつもポケットにいれてあるろうそくとマッチをとりだして、火をつけました。火をつけてみると、ガランとしたほこりだらけの地下室にいることがわかりました。すると、床のうえをあわてて逃げていくものがありました。どうやら、ねずみのようです。

「うーん。ねずみはこわくはないけど、寝室には入ってほしくないわね。ねずみはきたないところが好きというから、すこしかたづけよう」

あたりを見まわすと、ほうきがあったので、アリーテ姫は床をきれいにそうじして、ごみは

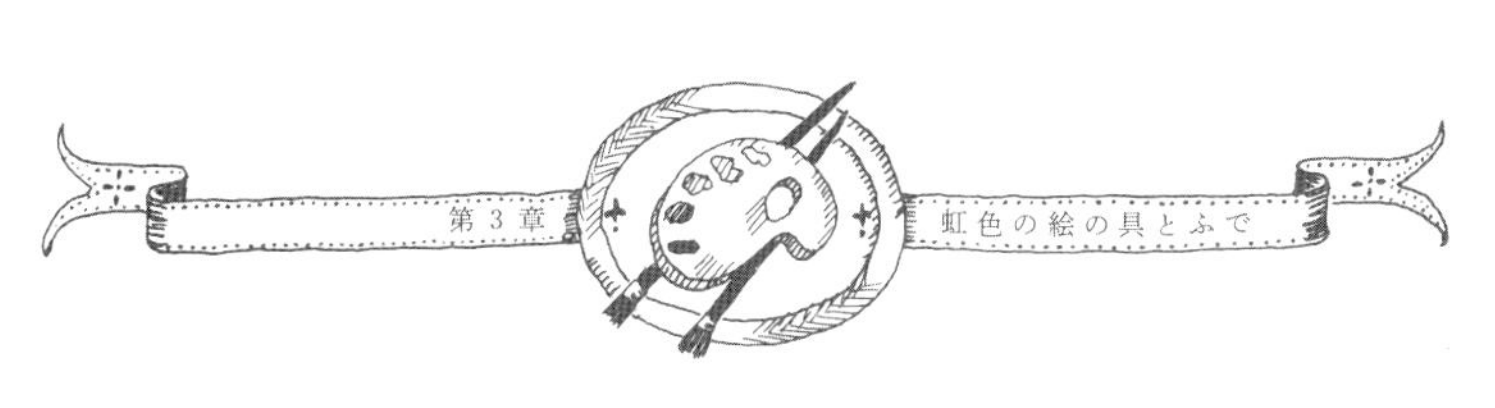

みんな部屋のすみにあった古いふくろに入れました。

　地下室にはいろんなものがありました。ろうそくや、たくさん積み重ねられたまきの束、お米や砂糖が入ったふくろ、リンゴの箱がいくつか、それにチーズも二つありました。それから、へこんだポットやおなべ、こわれたいす、古いマットレスなど、ガラクタがたくさんほうりだしてありました。ここは倉庫だったのにちがいありません。ボックスは、こんなものがあることをすっかり忘れて、アリーテ姫をここにとじこめたのです。いすやマットレスはまだ使えそうだし、残っていたマッチでまきをたくこともできました。アリーテ姫は部屋をかたづけると、いすに腰をおろしてひとやすみしました。

　とつぜん入口で、がちゃがちゃと鍵の音がして、

「こんにちは。あら、だれかいるの？」

という声とともに、ふくよかでやさしそうな女の人が、部屋へ入ってきま

した。

「あなたがご主人さまと結婚したアリーテさんね。わたしはアンプル。この城の料理人です。地下室にとじこめてしまうなんて、ほんとうにひどいわ。あなたをすぐにでも外に出してあげたいけど、あいつに見つかったら大変！　あいつはまたあなたをとじこめて、わたしはひき蛙にされてしまう。そんなことになったら、わたしの子どもたちはどうしようもなくなってしまうでしょう。いちばん下の子は、まだ四つにもなっていないのに。

じつは、わたしのしごとも、とってもひどいの。できることなら出ていきたいけれど、行かせてもらえない。夫にいつもいっているのだけれど、魔法使いとけんかしてもむだね。とくに、ボックスみたいにたちが悪くて、けんかっ早い、邪悪な心の持ち主とはね。でも、わたしはあなたの味方よ。安心してくださいな」

アリーテ姫は、この人のよさそうなやさしいアンプルさんにあえて、と

COCOA
HONEY

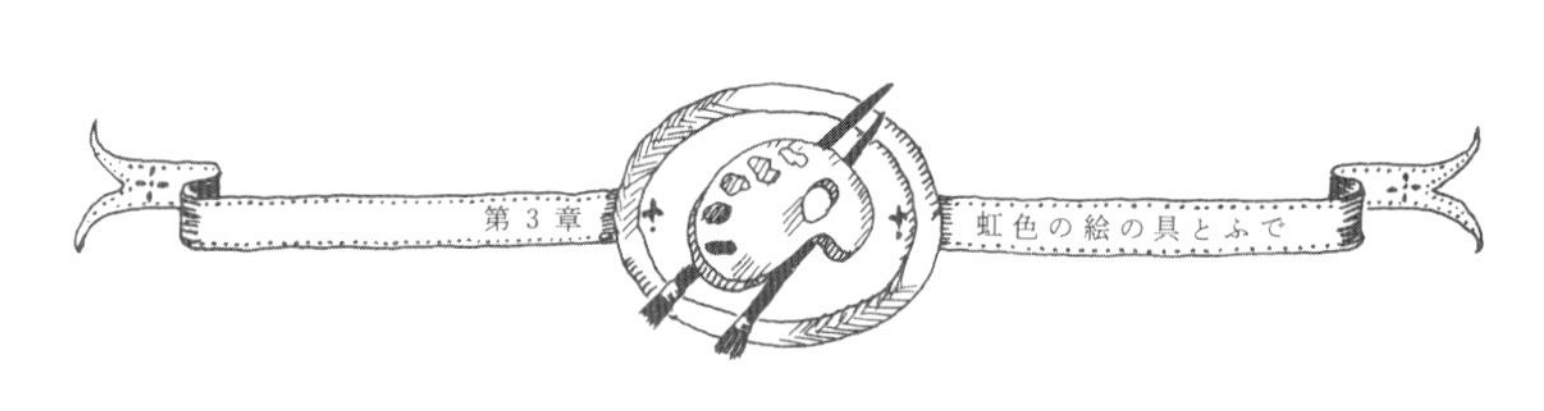

てもうれしくなりました。

「アリーテさん、ご主人さまのいうとおり、夕食を運んできました。あいつはパンと水だけにしろというけど、わたしはそんな命令きくつもりはないわ。ほら、あなたの夕食はチキンパイとフルーツタルト、それにあたたかいココアですよ。こんな古くてうすぎたない場所にとじこめられているのだから、ぜんぶ食べて、からだが弱らないようにしなくてはだめよ。

でも、こんなときでもあなたは楽しそうにできるのね。わたしは、あなたがかしこい女の子だってことをきいていますよ。ボックスは魔法は使えるけど、頭はよくないわ。

これからも、できるだけおしゃべりにきますよ。でも、気をつけて。魔法使いはいつも、わたしたちに目をひからせているんだから。さあ、おやすみなさい。ぐっすり眠って、元気になってくださいね」

そういってアンプルさんは、アリーテ姫にキスをすると、もとのように

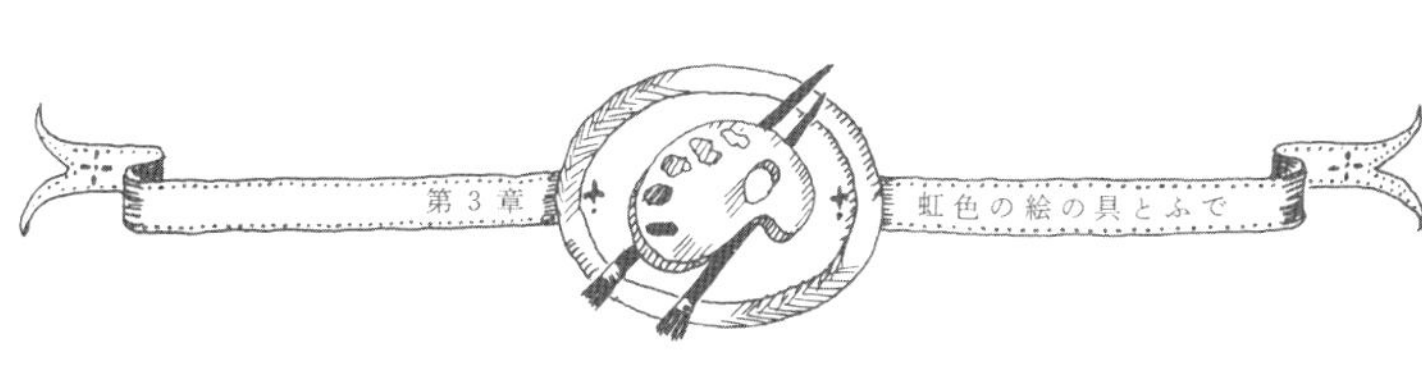

部屋に鍵をかけて出ていきました。アリーテ姫は火の前にすわって、アンプルさんが持ってきた夕食を、ゆっくり食べました。とてもおいしい食事でした。アンプルさんは料理の名人でしたから、魔法使いがけっして手ばなそうとしないのです。

アリーテ姫はココアをのみおえると、ウトウトしてきたので、ろうそくの火を吹き消し、マットレスに横になって、ぐっすりと眠りました。

それにひきかえ、ボックスとグロベルは一睡もできませんでした。アンプルさんが朝食を運んできたときも、真っ赤な目をして、あくびをしながら、アリーテ姫に出すいじわるな問題を必死で考えていました。

「そうだ、こんなのはいかがでしょう」

グロベルが手を打ちました。

「百粒の豆をつくるには、さいしょいくつの豆が必要か、というのはどうでしょう」

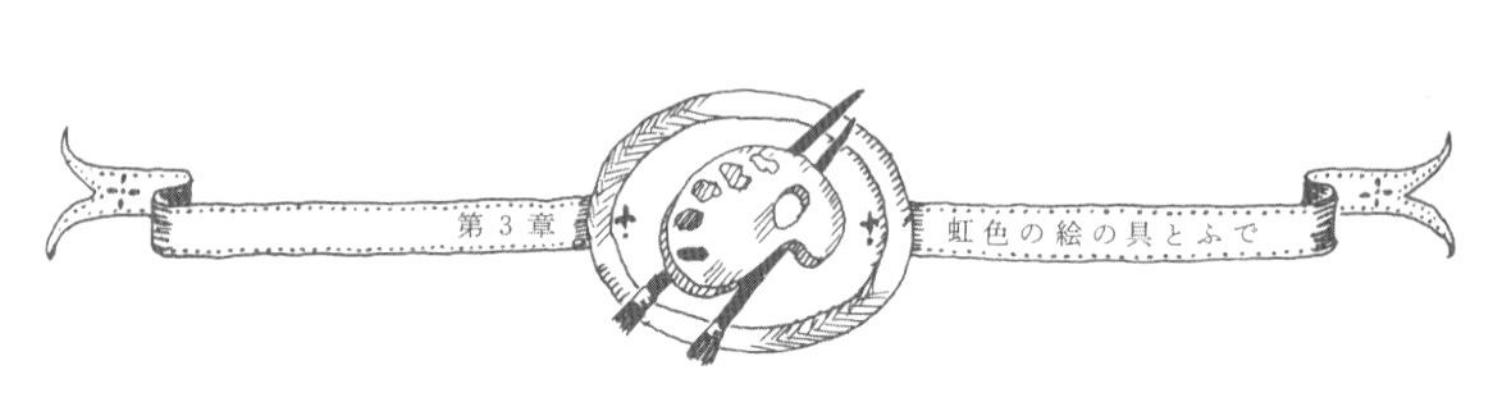

「だめだ。そんなのだめにきまっている。われわれにも答えのわからない問題じゃないか。姫の答えが正しいかどうか、どうやって判断するんだ」

ボックスはグロベルをどなりつけました。

「もっと危険で、ぞっとするような問題を考えろ！」

アンプルさんはボックスとグロベルをにらみつけて、オートミールをテーブルのうえにドスンとおきました。ボックスがアリーテ姫にひどいしうちをするのを、ほんとうに腹立たしく思っていたのです。それで、わざとボックスがきらいな、かたまりだらけのオートミールにしました。ボックスとグロベルは、とてもまずい朝ごはんを食べました。

「古い麦わらの束から、百ヤードの特上の絹の布を織らせるのはいかがでしょう？　これについて、読んだことがあるんですよ」

と、グロベルは、オートミールのかたまりを口いっぱいにふくんで、モゴモゴといいました。

「ぜんぜんだめだ。王女はたいがい機織(はたお)りがじょうずなものだ。まわりのものが教えこむからな。それにだいたい、それのどこがぞっとするんだ！」

ボックスは、こぶしをテーブルにたたきつけていいました。

「わしがやらせたいのは、むずかしくて、あぶなくて、身の毛もよだつ、おそろしいことだ」

二人は午前中、ずっと考えつづけましたが、かたまりだらけのオートミールのせいでお腹(なか)が痛(いた)くなってしまい、とても頭をはたらかせるどころではありません。

昼食(ちゅうしょく)はもっとひどいものでした。スープはのどがひりひりするほど塩からいし、シチューには、くしゃみがとまらないほどのこしょうが入っていました。デザートのケーキは砂糖(さとう)ぬきで、それはひどい味でした。そんな

わけで、午後もよい考えはなにひとつうかびません。

ボックスは魔法を使えるのに、なぜまずい料理をおいしくすることができないのかというと、じつはこういう魔法がいちばんむずかしいのです。人間をひき蛙に変えるとか、ものをごみの山にするといった、かんたんな、けれどもぜんぜん役にたたない魔法ならボックスにも使えるのですが、たとえば花を咲かせたり、食べものをつくったり、人をしあわせにするという魔法は学びませんでした。ボックスはまぬけな魔法使いだったのです。

アリーテ姫は、ぐっすりとよく眠ったので、気持ちのいい朝をむかえました。ろうそくに火をつけて、リンゴとチーズを食べると、もうほかにはなんにもすることがなくなって、ちょっと退屈になりました。

「このお部屋も、もうすこし明るいとすてきなのに。かべに絵をかけたらいいんだけどなあ。でも、絵の具もないし」

そう考えながら、ふと指輪のことを思いだしました。

「願いごとは三つだから、いま、ひとつだけお願いしよう」

願いをとなえながら指輪をこすると、たちまち、虹の色がぜんぶそろった絵の具とふでが出てきました。姫は大よろこびで、人やドラゴン、お城や船、馬、森などを、時間がたつのも忘れて、むちゅうでかきつづけました。

アンプルさんが夕食を運んできてくれたときには、ひとつのかべにほとんど絵をかきおわっていました。昼間のあいだじゅう、ずっといっしょうけんめいに絵をかいていたので気がつきませんでしたが、アリーテ姫は急に、とてもお腹がすいていることに気がつきました。

「さあ、夕食ですよ。お団子入りのラムシチューと、クリームつきのアップルパイ。あなたのために特別おいしくつくりましたよ。あらっ、かべがとってもきれいになっている。ぜんぶ、あなたがきょうかいたの？」

「ええ、そうよ。こっちにきて見て」

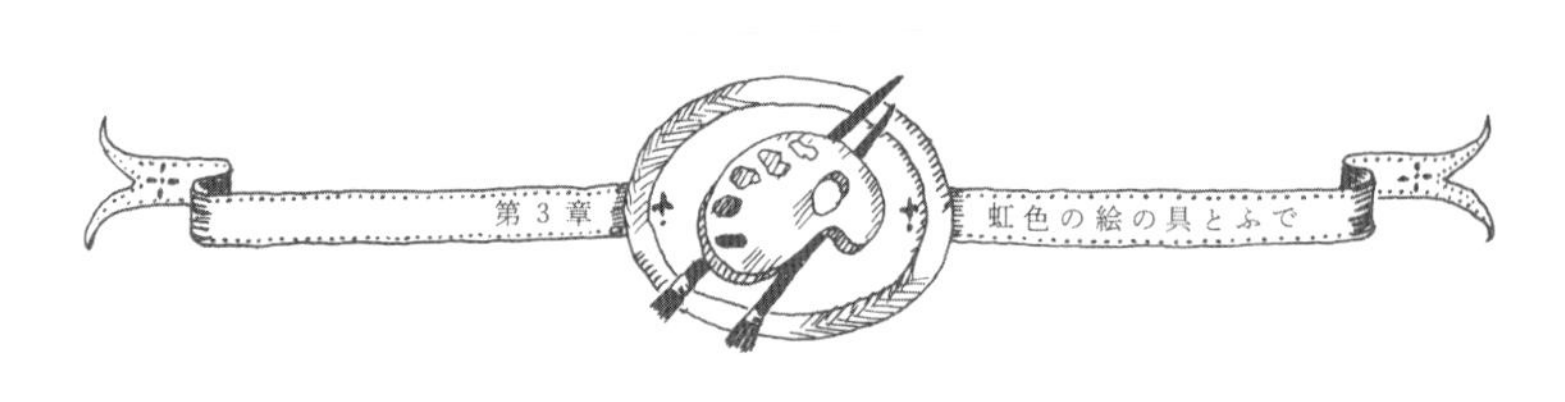

アリーテ姫は、かいた絵をすべてアンプルさんに見てもらいました。

「まあ、美術館よりもすてきだわ、ほんとうに。さあ、夕食がさめてしまいますよ。そして、わたしはそろそろキッチンにもどらないと」

そういってアンプルさんは、アリーテ姫におやすみのキスをして、もどっていきました。

その一週間は、アリーテ姫は地下室のかべいっぱいに楽しい絵をかいてすごしました。ボックスとグロベルはいじわるな問題を考えてすごし、アンプルさんはアリーテ姫においしい食事をつくって、かべの絵に感心してすごしました。

食事といえば、ボックスとグロベルは、まったくひどいものを食べさせられていたので、いじわるな問題を思いついたのは、やっとつぎの週になってからでした。

第4章
さいしょの難問(なんもん)
魅惑(みわく)の森の魔法(まほう)の水

土曜日の朝のことです。アリーテ姫(ひめ)は、朝日にかがやくお城(しろ)の絵をかきあげようとしていました。アンプルさんは、アリーテ姫(ひめ)にはたまねぎをそえたビーフステーキを、ボックスにはなめくじ入りの虫けらパイをつくっていました。

ボックスの部屋では、とつぜんグロベルが大きなさけび声をあげました。

「そうだ、これだ！　ご主人さま、すごい問題を考えつきました」

「なんだ、いってみろ」

「永遠(えいえん)に水がわきでる井戸(いど)のことはごぞんじでしょう」

グロベルは興奮(こうふん)していいました。

「その井戸の水は魔法の水なんです。ですから、そこからくんだ水は、こぼしてもこぼしてもへらないのです。その水をアリーテ姫にとりにいかせるのです。ああ、なんてすばらしいことを思いついたんだ」

「それがどうして、すばらしいことなんだ」

ボックスはひどい腹痛で、いつもよりもっとふきげんにどなりました。

「ご主人さま、その井戸は、あの魅惑の森のまんなかにあるんです。まわりにはもう千匹もの蛇が、草のうえ、木の枝と、ところかまわず、ヌルヌル、ヌメヌメと舌を出したり、とぐろを巻いたりして井戸を守っているのです。何人もの騎士が、その水を手にいれようと森に入るのですが、みんなまっ青にふるえあがって、手ぶらでもどってきてしまいます」

「それはいい考えだ、グロベル。こわがりの小娘は、きいただけでふるえあがって、ぜったいできっこないぞ。すぐにあいつにいいつけにいこう」

そういうと、ボックスはいじわるな笑い声をあげながら、アリーテ姫の

ところへむかいました。

ボックスは地下室につくと入口の鍵をあけ、さけびました。

「アリーテ姫、きこえるか」

ボックスは、ねずみがこわくて地下室に入れないのです。ねずみは、姫が部屋をきれいにしてからは一匹もすがたを見せなくなったのに、ボックスはそれを知らないばかりか、姫がかべじゅうに美しい絵をかいていたことも知りませんでした。

ボックスは、アリーテ姫はきっとぐあいが悪くて、うすよごれてみじめにお腹をすかせているとばかり思っていました。しかし、目の前にあらわれたアリーテ姫は元気そうで、顔いろもよく、身ぎれいで、満ち足りたようすでした。アリーテ姫は一週間、ずっと楽しく絵をかいてすごしていましたし、アンプルさんが毎日のようにバケツにお湯を入れて、石けんとタオルもいっしょに持ってきてくれていたのです。ボックスは、「アリーテ

姫は魔法を使ったにちがいない。そうでなければ、こんなことをできるはずはない」と思いました。

「アリーテ姫、さいしょのしごとをもうしつける。魅惑の森のまんなかにある永遠の井戸へいって、一ぱいの水をくんでくるのだ。井戸のまわりには千匹の蛇がいるから、かまれないように、せいぜい気をつけることだな、お姫さま。ハッハッハ」

アリーテ姫を地下室に押しもどして、入口に鍵をかけると、ボックスはいじわるな笑い声をあげながら去っていきました。そして、姫がこのしごとに失敗したときに首を切り落とそうと、さっそく斧をとぐのでした。

その夜、夕食を運んできたアンプルさんは、アリーテ姫のさいしょのしごとを知って、たいそう心をいためました。

「心配しないで、アンプルさん。わたしは魔法の指輪をもっているんですよ」

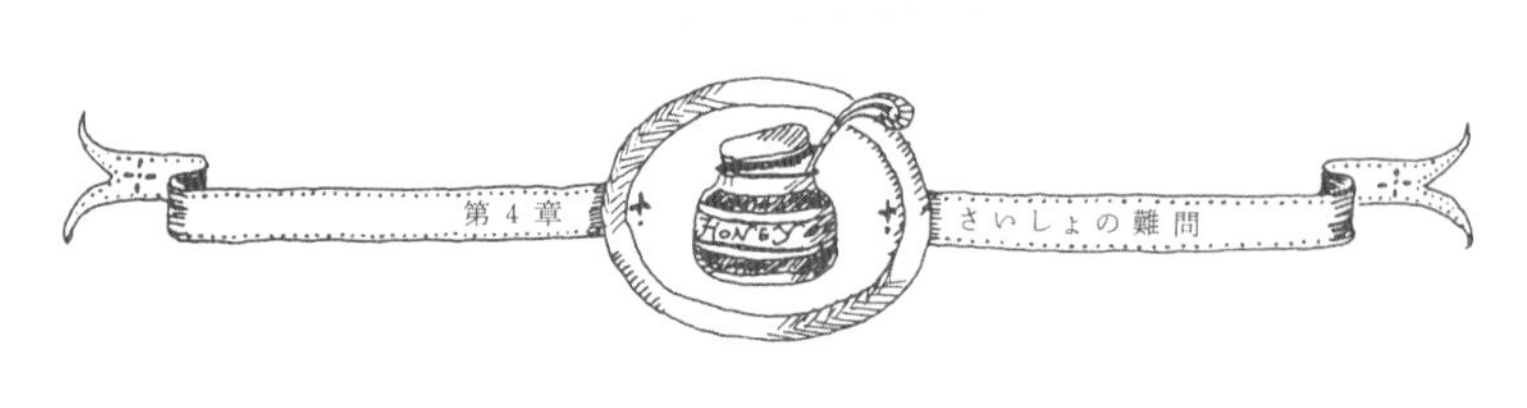

「そりゃ、そうですとも。でも、井戸のまわりには毒蛇がいるんでしょう」

「だいじょうぶ。それより、この国の地図をわたしにかしてくださいな」

翌朝早く、アリーテ姫はアンプルさんがないしょで用意してくれたベーコンエッグとトマト、マッシュルーム、トースト、それにはちみつ、コーヒーというすてきな朝食をすませると、魅惑の森をめざして出発しました。

気持ちのいい朝です。空は青くすみわたり、そよ風に木々の葉がそよぎます。そこかしこで小鳥たちがさえずり、色とりどりの花が咲きみだれています。一週間も地下室にとじこめられていたので、アリーテ姫は、よけいにうれしいのです。あちこちにより道をして鳥をながめ、花をつんで、のどがかわけば小川の水をのんだり、リンゴをかじったり、それからリンゴの木がはえてくるように種を土にうめたりしながら、魅惑の森に近づい

ていきました。お腹がすいたときは、市場に卵を売りにいく若い女の人といっしょに、腰をおろしてパンとチーズを食べました。

アリーテ姫が森についたのは、ちょうどお昼ごろです。森じゅうがみんな、とてもいきいきとしています。動物たちは人間と話ができます。木は考えたり動いたりしますし、花だって自分の心をもっています。だから、よろいかぶとに身をかためた騎士が大声でさけびながら、弓矢で動物を殺したり、斧で木を切ったりしながら森に入ろうとすると、森はしずかに立ちあがり、ゆくてをさえぎるのです。動物たちは人間の声をまねて騎士をまどわせ、木々は新しい道をつくって騎士をまよわせます。それで、騎士たちはぐるぐる同じところをまわるはめになり、やっとの思いで逃げ帰っていくのでした。

アリーテ姫はよろいかぶとをつけていませんし、武器も持たず、大声を出すということもありません。おだやかな日差しのなかを、しずかに歩い

ていくと、三匹のうさぎが、

「こんにちは」

と、あいさつします。角を大きく広げた鹿も、

「ごきげんよう」

と、声をかけます。

　二時間ほど歩いて、永遠の水のわきでる井戸につきました。すると草のなかから、しゅーっという音がきこえてきました。足もとを見てみると、茶色の蛇がとぐろを巻いていました。グロベルがいったとおり、木にも、草のなかにも、いたるところに蛇がいました。蛇たちは、ぽかぽかとあたたかいひなたをはいまわっていました。

「まあ、この蛇たちは草蛇ね。なんてかわいいんだろう」

　アリーテ姫は思わずつぶやきました。

　草蛇は毒もないし、けっしてこわいものではないことを、姫は王さまの

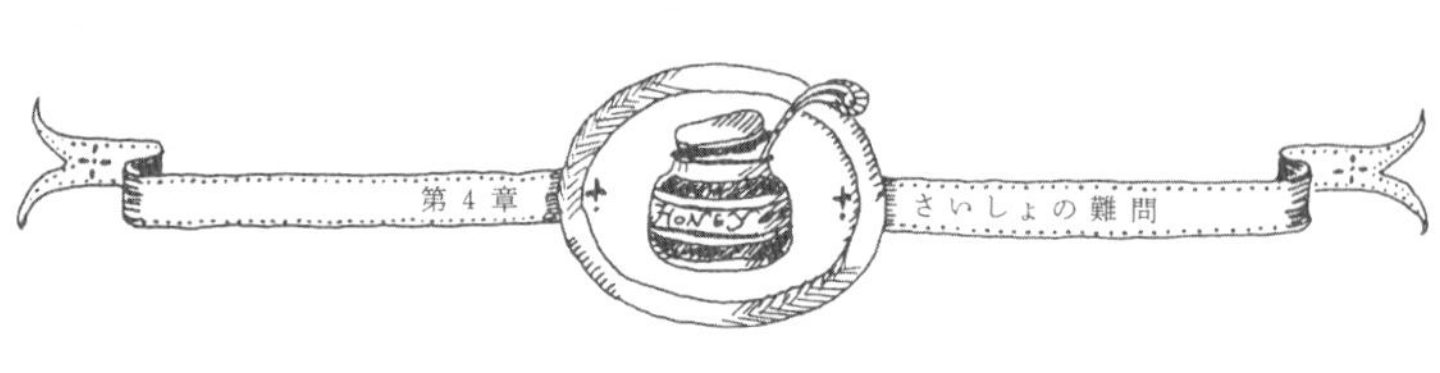

書斎にある本で知っていました。だから、はじめて見るほんものの草蛇のしなやかな美しいすがたに、うっとりと見とれてしまいました。一時間以上もそうしていたでしょうか。姫はようやく、永遠の水のことを思いだして立ちあがりました。

「もう、もどったほうがよさそう。この蛇を一匹だけつれて帰りたいけど、地下室でかうのはかわいそうかな」

アリーテ姫がつぶやくと、そばにいた小さな蛇がささやきました。

「王女さま、あなたがだいすきです。いっしょにつれていってください。毎日、昼間は小さな穴からぬけだしてえさを食べたり、ひなたぼっこしたりしてすごすことにしましょう。そして、夕方になったらもどってきて、外で見たことをぜんぶお話ししてさしあげます」

それをきいた姫は大よろこびで、その小さな蛇をつまんでポケットにいれました。すると蛇はくるくると丸まって、すぐにポケットのなかで眠っ

てしまいました。こうして、井戸からなんなくコップいっぱいの水をくむと、アリーテ姫はお城にもどってきました。

海につき出たお城についたのは、日のくれかかるころでした。ボックスとグロベルは、ちょうど祝杯をあげていました。

「うまくいったな、グロベル」

「アリーテ姫はいまごろ蛇にかまれて死んでいるにちがいありませんよ」

「いや、あのおそろしい森で道にまよって、うえ死にかもしれん」

二人は顔を見あわせて、大声で笑うのでした。

アリーテ姫が部屋に入ってきたのは、ちょうどそのときです。一日じゅう太陽の光をあびて、おいしい空気を胸いっぱいすってきた姫の顔は、いきいきとかがやいていました。

姫のすがたを見るなり、二人はとびあがらんばかりにおどろきました。

そのうえコップの水をさしだされたのですから、もう二人のあわてようと

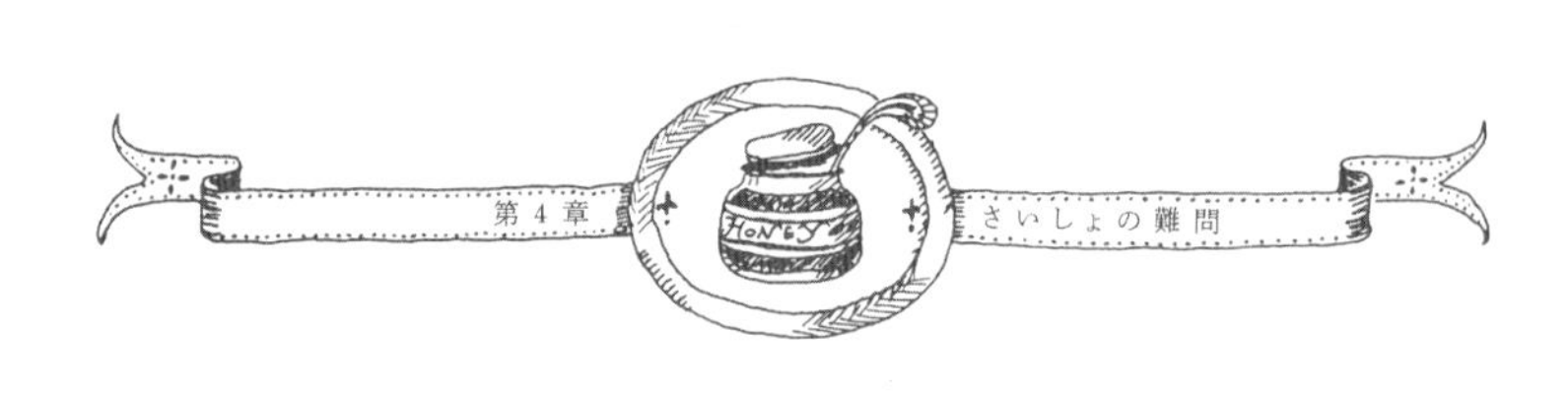

いったらありません。

「ぜったいに、にせものの水にきまっている」

グロベルが、あせってさけびました。ボックスはコップをつかむと、さかさまにして水を床にこぼしました。床に大きな水たまりができて、その水は階段のほうへ流れていきました。コップを見ると、もとどおりに水がいっぱい入っています。

アリーテ姫が、さいしょのしごとをやりとげたことは、だれの目にもあきらかでした。うろたえたボックスは、そのコップをベッドのわきの棚のうえにおきましたが、うっかりさかさまにおいてしまったことにも気づきませんでした。そして、グロベルを思いっきりけとばして、さけびました。

「なにがいい考えだッ。みんなおまえのせいだ。ばかものがッ」

それから、アリーテ姫をひきずって、また地下室に押しこめると、足をふみならして自分の部屋にもどってきました。するとどうでしょう。コッ

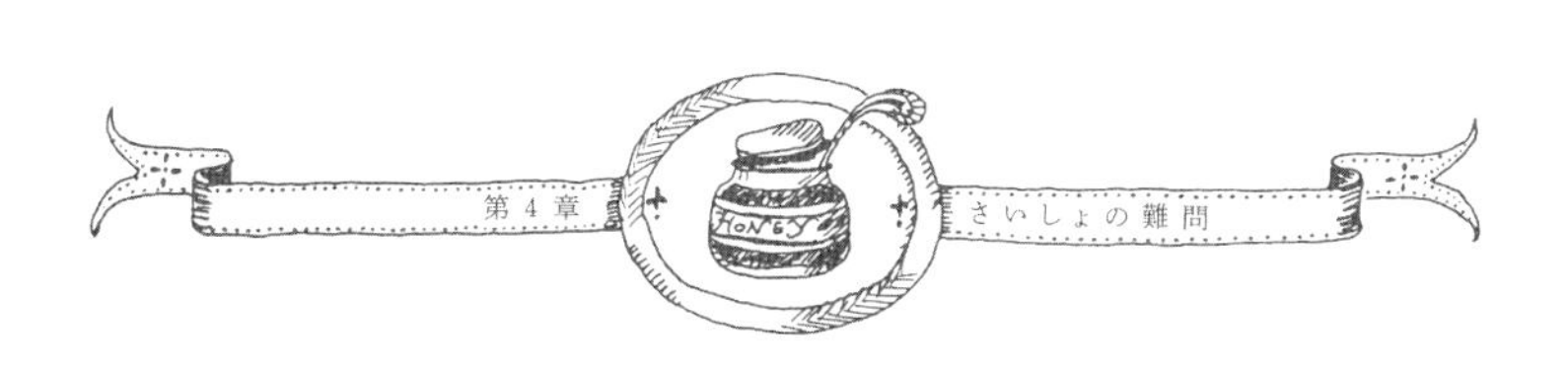

プからは、まだどんどん水があふれていて、ボックスのベッドはすっかり水びたしです。その夜、ボックスは床のうえで眠らなければならず、そのせいで首が痛くなってしまい、おそろしい夢をたくさん見るはめになりました。

アンプルさんは一日じゅうアリーテ姫のことを心配していましたので、姫がぶじにもどったときくと、ほっとして泣きくずれてしまいました。アンプルさんはアリーテ姫の夕食に、新鮮なトマトスープとますのグリル、八種類もの野菜をそえたロースト肉、それにたっぷりのクリームをのせたイチゴを用意しました。姫は、きょうのできごとを残らずアンプルさんに話してきかせました。ずいぶん遠くまででかけたことや、蛇がどんなに美しかったかということも。

「そうだ、わたしの新しいお友だちです」

姫はポケットから小さな蛇をとりだして、アンプルさんに紹介しました。

アンプルさんは、はじめちょっとびっくりしたようですが、姫に友だちができたことをとてもよろこんでくれました。

「それはよかったこと。毎日ひとりでいるのはつまらないですものね」

アンプルさんのごちそうでお腹がいっぱいになったアリーテ姫は、すっかり眠くなりました。なにしろ、きょうはとても長くてくたびれる一日でしたから。姫は、小さな蛇のためにやわらかなボロ布で寝床をつくってやり、ろうそくの火をそっと吹き消して眠りにつきました。

「まだあとふたつ、願いごとができるんだわ。きょうはひとつも使わなくてすんだから」

こんなことを考えながらアリーテ姫は目をとじました。そして、ひと晩じゅう、すてきな夢を見ました。

第5章 山ほどの布地と針と糸

翌朝、ボックスとグロベルは、ゆううつな気分で朝食をとりました。ボックスのオートミールには死んだクモが入っていましたし、グロベルのオートミールには生きたひき蛙が入っていました。グロベルのおさらからとびだしたひき蛙は、ゲロゲロとなきながらテーブルのうえをはねまわったあげく、ピョンピョンと床をとんでドアから出ていきました。

「あのひき蛙には、見おぼえがあるぞ」

ボックスがいいました。

「ダラボア王子ですよ、ご主人さま」

グロベルはふきげんな声でいいました。

「ご主人さまが二か月前に、ひき蛙に変えてしまってからというもの、城じゅうをとびまわっているのです」

「ああ、そうだったな。あれは退屈な男だった。夕食のあいだじゅう、自分の手柄話ばかりしておった。おまえのオートミールのなかで、いったいなにをしておったのかな。あの男はたしか、アリーテ姫の花むこ候補だったが。おまえのきのうの問題も失敗だったな。しくじってばかりいると、あの男みたいにしてしまうぞ」

「あれはわたしのせいじゃありませんよ。ふつうの王女なら、おそろしくて死んでしまうか、蛇にかまれてしまうのに」

グロベルは、ぶつくさいいました。

「もっと頭を使って、ふたつめのむずかしい問題を考えるのだな。こんどうまくいかなかったら、おまえもダラボア王子といっしょに、睡蓮の池のなかだぞ。ゲロゲロとないて、王子とデュエットもよかろう」

グロベルは、なんとしてもひき蛙に変えられるのはいやでした。なにしろ、泳ぎを習ったことがなかったのですから。そこでまた必死で、つぎの問題を考えるのでした。

アリーテ姫は、小さな蛇のシューという音で目がさめました。

「お腹がペコペコなので庭に出てみます。心配しないで。夕方にはきっともどってきて、外のようすをみんなお姫さまにお話しします」

そういうと小さな蛇は、レンガのわれめからスルリと外へ出ていきました。アリーテ姫は、リンゴとチーズの朝食をすませると、もうなにもすることがなくて、またすこし退屈になりました。

「あら、服がやぶれている」

きのうの遠出でアリーテ姫の服は、木にひっかかってやぶけたり、草の汁でしみがついたりしていました。

「針と糸があれば、なおせるのに」

アリーテ姫は、魔法の指輪のことを思い出しました。

「まだ願いごとがふたつ残っているんだった。きのうはひとつも使わなかったし。布と針と糸をお願いしよう」

そういって指輪をこすると、木綿や絹、ベルベット、サテン、モスリン、ダマスク織など、色とりどりの布がたくさん出てきました。針も糸も、たっぷりありました。さっそくアリーテ姫は、ポケットにいつもいれているはさみをとりだすと、緑色の木綿とクリーム色の絹の布で、着替えの服をつくりはじめました。

アリーテ姫はその日はずっと、ぬいものに精を出しました。アンプルさんが夕食を運んできたときには、ちょうど緑色のズボンとクリーム色の上着ができあがったばかりで、姫はさっそく着てみました。

「まあ！　かっこいいわ。ぜんぶ自分でつくったの？　あなたはほんとうにすてきね」

と、アンプルさんはいいました。

「わたしも、あなたみたいにぬいものがじょうずだったらいいのに。じつは来週、年に一回の料理人のダンスパーティーがあるのだけど、着ていく服がないのよ」

「ドレスをぬってあげましょうか」

アリーテ姫はききました。

「ええっ、ぬってくれるの？」

アンプルさんは大よろこびしていいました。

「でも、めんどうじゃないかしら。だけど、そうね……。わたしは、あの赤いベルベットがとても気にいったわ」

からだにぴったりのドレスになるように、アリーテ姫はアンプルさんのサイズをはかりはじめました。そうしているあいだに、小さな蛇が地下室に帰ってきました。

「あら、ここにいたのね、かわいい蛇さん。きょうはなにをしていたの？」

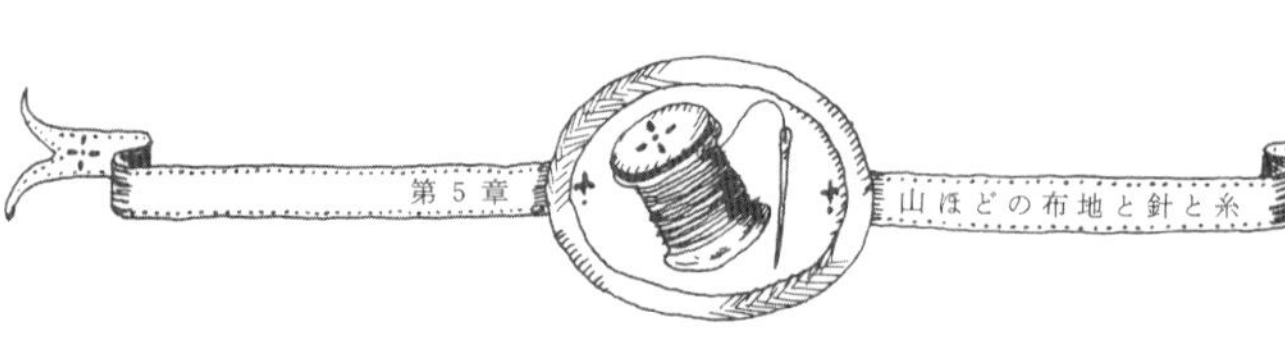

と、アンプルさんがきくと、小さな蛇はささやきました。

「庭をぬけて、お城をあちこち動きまわっていました。お日さまが西にしずんできたので、お姫さまのところにもどってきました」

　アリーテ姫はとてもよろこんで、小さな蛇の話に耳をかたむけました。蛇の話によると、グロベルとボックスは、姫に命じるふたつめのしごとを必死で考えているといいます。

「それから、睡蓮の池でひき蛙をつかまえて食べたのですけれど、ちっともおいしくありませんでした。なんとオートミールまみれだったのです。ほんとうにひどかった」

　アンプルさんが今朝、オートミールにつっこんだひき蛙が、とびだして逃げたのにちがいありません。

「その蛙は、ほんとうは王子だったのだというのです。食べられそうになると、だいたいみんな、そんなことをいうのですけれどね。自分はダラボア王子だといっていました。それから、ドラゴンを退治してお姫さまを助けたとか、ずっと話しつづけるのです。なんとも退屈でしかたないので、食べてしまいました」

アリーテ姫は笑いだしそうになりましたが、すぐに思いとどまり、

「まあ、かわいそうなダラボア王子」

といいました。

「えっ、すみません。お友だちだったのですか」

小さな蛇は心配そうにいいました。

「気にしないで。知らなかったのだから。それに、ダラボア王子はほんとうに退屈な人だったの。さあ、わたしはお腹がすいたわ。夕食を食べてベッドに行きます。アンプルさん、ドレスはあしたつくってあげますね」

その週いっぱい、アリーテ姫はぬいものに大いそがしでした。ドレスは

アンプルさんにぴったりで、とてもよくにあいました。姫はほかに、自分用にあわいピンクとブルーの絹の布でダンス用のドレス、アンプルさんの夫のためのシャツ、お金がなくてパーティーに行けずにいたアンプルさんの姪たちにドレスを二着、自分用のズボンをあと二着、それにあわせる上着もつくりました。アリーテ姫は、布を切ったりぬったりしていそがしく、でもとても楽しい毎日をすごしました。

夕方になると、アンプルさんは自分の夕食を持ってきて、小さな蛇はかべの穴をぬけて帰ってきました。アンプルさんは、たびたびアリーテ姫といっしょに夕食をとるようになりました。けれどもグロベルは、ひき蛙にされてしまわないようにするのに大いそがしだったので、召使いを見張って、あちこちをうろうろするひまはありませんでした。それでアンプルさんとアリーテ姫と小さな蛇は、火をかこんでおしゃべりしていてもだいじょうぶだったのです。

第6章
ふたつめの難問(なんもん)
金色ワシの巣のルビー

土曜日になりました。アリーテ姫(ひめ)は、お城(しろ)の庭師(にわし)の娘(むすめ)のために、誕生日(たんじょうび)に着るライラック色の絹(きぬ)のブラウスをぬっていました。アンプルさんは姫(ひめ)のためにチェリーパイを焼き、小さな蛇(へび)とボックスとグロベルのためにはねずみを煮(に)ています(ねずみの煮(に)たのは、小さな蛇(へび)の大好物でも、グロベルとボックスにとってはそうではなかったのですが)。

二階のボックスの部屋で、グロベルがとつぜん、うれしそうな声をあげました。

「やった!　ご主人さま。思いつきましたよ。これならアリーテ姫(ひめ)にはぜったい、できっこありません」

「ばかもの、前おきはいい、早く話してみろ」

「ウィンディ・クラッグの岩山ですよ。あの頂上のいちばん高いところ、ちょうど雲にかくれてしまうあたりに、金色ワシの巣があります」

「わかった、わかった。わしは博物学の講義をながながときくつもりはないんだ。早く本題に入れ」

「はい、ご主人さま。その金色ワシの巣のなかに、すばらしい魔法のルビーがあります。そのルビーを病人のひたいにあてると、たちまち元気になるそうです。このルビーを手にいれようと、何百人もの騎士たちがウィンディ・クラッグをめざすのですが、みんな岩山からころげ落ちて死んでしまい、谷底でカラスに死体を食べられてしまうのです。そのルビーをとってこさせるんですよ。これなら、あの小娘にはできっこありません」

そういってグロベルは鼻をならしました。

「あんな岩山に登れるはずありませんよ。ころげ落ちて、岩にたたきつけ

Grue
YUK
Aaargh
UGH
BAD SPELLS
WORSE SPELLS by S.Atan
DEADLY SPELLS By B.L. Zibub
HOW TO TURN CHILDREN TO DUST by Dusty Kidd
HOW TO KILL GRASS & FLOWERS by Gonto Seed
1,000 DEMONS
FRESH BONES
OLD BONES
VILE DEEDS by B.A. de Ville
Poisons by Bella Donna Vol XII
NOOSES AND KNOTTING
HOW TO CHANGE GIRLS INTO SLUGS by T. Ode
BUGS
BATS WINGS
FISH EYES
TOADS HEADS
CARBUNCLES
BUNIONS
DIABOLICAL EXCRESCENSES
CATS TAILS
Noxious
ACID
DEPLORABLE STINKS
TOADSTOOLS & SLIME

られて、からだがバラバラになるのが関の山です。もし登れたとしたって、ルビーを巣から持っていこうとしたら、ワシにからだじゅうを突っつかれるでしょう。ワシはほんとうに気があらい鳥ですから」

グロベルは自信たっぷりでした。

「ふむ、ふむ、悪くない。だが、こんどまた姫がうまくやったら、ただじゃおかないぞ」

ボックスはドスンドスンと地下室へおりていき、アリーテ姫をよびだしました。出てきた姫がとても元気そうで、きれいな身なりをしているので、ボックスはけげんに思いましたが、なにしろねずみがこわくて、なかに入ってちゃんと調べることはできません。

「アリーテ姫、ふたつめのしごとをもうしつける。こんどはそうかんたんにはいかないぞ。ウィンディ・クラッグの岩山の、いちばん高いところにある金色ワシの巣からルビーをとってくるのだ。できなければ、おまえの

首を切り落とす約束だ。谷に落ちたり、ワシにおそわれたりしないように、せいぜい気をつけることだな。ワッハッハッ」

こういい残して、ボックスは自分の部屋へもどっていきました。

「こんどは、ものすごくむずかしい問題ね。ワシはとても凶暴だし、とくに巣に近づくとあぶない。でも、いい考えを思いついたわ。アンプルさんと蛇さんに手伝ってもらえれば、きっとうまくいくと思う」

もちろん、アンプルさんも小さな蛇も、よろこんでアリーテ姫の力になってくれます。そこで、アリーテ姫はお願いしたいことを伝えました。

出発の朝です。アリーテ姫は、オートミールとニシンのくんせい、トマト、それからバター・トーストとはちみつ、熱い紅茶の朝食をすませると、新しいズボンにはきかえて、ウィンディ・クラッグめざして出発しました。右のポケットには、アンプルさんが用意してくれた生の肉が三ポンド入っ

ています。左のポケットには、小さな蛇が丸まって眠っています。岩山の頂上はとても寒いときいていたので、厚い上着も持ちました。

　まもなく、ウィンディ・クラッグのふもとにつきました。ヒースやエニシダのしげみにおおわれた岩山は、空高くそびえ立ち、ヤギがとおる細い道が一本、らせん状につづいているだけでした。

　ルビーを手にいれようとやってきた騎士たちとちがって、アリーテ姫は重いよろいなどつけていなかったので、バランスをくずしたり、すべったりすることもなく、疲れはててしまうこともありませんでした。息がきれそうになったらひとやすみしつつすすんでいくと、いつのまにか岩山の頂上近くまで登りつめていました。

　金色ワシの巣は、姫の頭のすぐうえです。めすのワシは、お腹をすかせたひなのために、えさをさがして遠く谷底をとびまわっていますが、おすのワシは巣のうえにどっかりとすわりこみ、するどい目で敵を見張ってい

ます。騎士たちのよろいは、太陽の光にピカリと反射して、なによりガチャガチャとうるさい音をたてるので、ワシの絶好の攻撃の的になってしまうのですが、しずかな足どりで岩山を登って、そうっと岩かげにたたずむアリーテ姫には、さすがのワシも気がつかないようでした。

姫は、ポケットの小さな蛇にささやきました。

「じゃあ、たのんだわ。くれぐれも気をつけてね」

小さな蛇はポケットから出ると、ヒースのしげみをスルスルとぬけて、ワシの巣に近づいていきました。蛇を見つけたおすワシは、ひと声大きくなくと、翼をいっぱいに広げて蛇にとびかかろうとしました。いままで、なんども蛇に卵をとられているからです。

小さな蛇は、岩かげやヒースのしげみに身をかくしながら、ワシを山のふもとにおびきよせていきます。いまがチャンス！

姫は音もなくワシの巣に近づきました。

巣のなかには二羽のひながいます。ひなといっても、なにしろワシですから、大きなとがったくちばしと、するどいつめをもっています。姫はポケットから生肉をとりだして巣のなかに投げこみました。ひなは先をあらそって生肉を引きさき食べはじめました。そのすきです。姫はさっと手をのばして、いそいでルビーをつかむや、山道をすばやくひきかえしました。

まもなく、ワシの攻撃をうまくかわした小さな蛇も、ヒースのしげみからすがたをあらわしました。姫は蛇をポケットにいれると、なにごともなかったかのように山をおりました。

お城がやみにつつまれるころ、ボックスとグロベルは、じょうきげんで夕食のさいちゅうです。

「ご主人さま、こんどはうまくいきましたね。姫はワシにおそわれて、食べられてしまったにちがいありません」

「いや、谷底におちて、首がくだけたのかもしれん」

二人はうれしくて、おどりださんばかりです。アンプルさんはなにもいわず、アリーテ姫の夕食をつくりつづけましたが、やっぱり心配でした。

月が海のかなたにのぼりはじめたころ、アリーテ姫がお城にもどってきました。山道は長かったので、すこし疲れてはいましたが、姫にとってはいい運動でした。姫を見たボックスとグロベルのおどろきようといったら。二人はことばもなく立ちすくんでしまいました。

テーブルのうえにさしだされた、大きなルビーを見た二人の顔は、もうまっ青です。

「これはにせものだ。ただのガラス玉だ、そうにちがいない！」

グロベルはブルブルふるえていいました。ボックスはだまってグロベルとルビーの両方をにらむと、

「だれでもいいから、病人をここへつれてこい」

と、けわしい声でグロベルに命じました。

まもなく、ひどい風邪(かぜ)でせきとくしゃみがとまらない、庭師(にわし)のおかみさんがボックスの部屋につれてこられました。

「はなしてくださいよ。わたしゃ病気なんですから、ハックション。ベッドにもどしてくださいよ、ハックション」

ボックスはルビーをつかむと、おかみさんのひたいにあてました。するとどうでしょう。たちまち、せきやくしゃみがとまり、おかみさんは、

「こりゃあ、おどろいた。なんだか急に気分がよくなりましたよ。ボックスさま、あなたはよい魔法(まほう)も使えるんじゃありませんか」

と、すっきりした顔で部屋を出ていきました。

アリーテ姫(ひめ)は、ふたつめのしごともりっぱにやりとげたわけです。ボックスは怒(いか)りくるって、グロベルの横っつらを六回もひっぱたき、

「またやられてしまったじゃないか。このまぬけめが！」

と、じだんだをふんでわめきました。そして、ふたたびアリーテ姫を地下室にとじこめてしまうと、グロベルをこんどこそひき蛙にしてしまおうと、大いそぎで部屋へひきかえしました。

しかし、気配をさっしたグロベルは、その前に逃げだしていました。

ボックスは腹立ちまぎれにひと晩じゅう、床をドンドンとふみならして、一睡もできませんでした。でも、朝になると、アリーテ姫にいいつける三つめのしごとをグロベルにひねりださせなければ、と思いなおしました。クモの巣やほこりまみれになったグロベルは、ベッドの下からはいだしてきました。ボックスは三、四回グロベルをけとばしてののしりましたが、ひき蛙に変えたりはしませんでした。

いっぽう、地下室にもどったアリーテ姫は、アンプルさんと小さな蛇にお礼をいって、夕ごはんをすませると、すぐに丸太ん棒のようにぐっすり眠ってしまいました。

つぎの朝、アリーテ姫が遅くに目をさますと、小さな蛇はレンガのすきまから出かけたあとでした。

「きょうは、なにをしようかな」

絵はかべいっぱいにかいてしまったし、服も何枚もつくってしまったので、アリーテ姫はすることがありません。

「わたしがいちばんしたいことは……。わたしがほんとうにしたいことは、物語を書くことだわ。でも、ここには紙もペンもインクもない。かなえてもらえる願いごとは、あとひとつしか残っていないし」

アリーテ姫は、地下室のなかを整理したり、床をなんどもはいたりして、いそがしくはたらいてみたのですが、もう、どうしようもなく退屈です。

「そうね。さいごのお願いを使ってしまってもいいかもしれない。やってみよう」

姫が指輪をこすると、絹のリボンでたばねたノートと金色のペンと、黒、

緑、赤のインクつぼが出てきました。アリーテ姫は腰をおろすと、大よろこびで物語を書きはじめました。アンプルさんが夕食を運んできて、小さな蛇がスルスルともどってくるころになってもまだ書きつづけていました。

アリーテ姫が夕食を食べ、小さな蛇がクモの巣まみれになったグロベルのことを話しおわるのをまって、アンプルさんはききました。

「きょうは一日、なにをしていたのかしら?」

「わたしは物語を書いていたのよ。読んであげましょうか。

〝むかしむかし、あるところに、とても退屈な王子がおりました……〟」

アンプルさんと小さな蛇は、すっかりむちゅうになってきいていました。

物語がおわると、アンプルさんがいいました。

「ほんとうにすてきなお話だわ。とてもおもしろかった。さあ、そろそろベッドへ行く時間ね」

The
Magic Ring Brings
Arete
her
Heart's
desire
PINK
WHITE
GOLD
GREEN
YELLOW
BLUE
a time there
stupid Prince
BLUE INK
BLACK INK
Red INK

第7章
さいごの難問(なんもん)
銀色の荒馬(あらうま)

その一週間というもの、ボックスはあまりの腹立(はらだ)たしさに、食べもののものどをとおらないほどでした。二度の失敗を思いだしては、あたりかまわずどなりちらし、腹(はら)いせにグロベルをけとばしていました。

アリーテ姫(ひめ)のほうはといえば、毎日、毎日、物語を書いてすごしました。夜になると、その物語をききに、庭師(にわし)のおかみさんとその娘(むすめ)や、アンプルさんの二人の姪(めい)がやってくるようになりました。そして、アンプルさんのつくった夕食をかこんで、みんなで歌ったり、おしゃべりをして、毎晩(まいばん)、楽しくすごすのでした。

ボックスにけとばされて、からだじゅうあざ

だらけのグロベルは、それでも頭がおかしくなるくらい、考えて考えて、考えぬきました。そして土曜日になって、やっとアリーテ姫にやらせる三つめの問題を思いつきました。

「ご主人さま、ここからずうっと遠くにあるロンリー草原のことをおききになったことがあるでしょう。そこに、夕霧のような銀色の毛並みをしためす馬がいるそうです。風のように速くかける、その荒馬をつかまえにいった騎士たちは、みんな振り落とされたり、ふみ殺されたりして死んでいます。その荒馬をつかまえて、つれてこさせるというのはどうでしょう」

疲れはてたグロベルは、かすれた声でいいました。

ボックスは、ずいぶん長いあいだ考えこんでいました。

「ふうむ、わかった。うまくいくかもな。だが、こんどうまくいかなかったら、おまえは一生、池でぴょんぴょんしてることになるぞ」

「ああ、ご主人さま、どうかお情けを」

グロベルは、床のうえで身をよじりながらいいました。

ボックスは、ようしゃなくグロベルをけりつけると、アリーテ姫に三つめのしごとをいいつけるために、地下室におりていきました。

〝……それから末ながく、みんなしあわせにくらしました。〟とアリーテ姫が書いていたちょうどそのとき、ドアのかんぬきを外す音がしました。姫はペンをおいて、入口の外へ出ました。ボックスは三つめの問題を命じると、姫を地下室に押しもどし、入口に鍵をかけました。

「それにしても」

と、ボックスはふしぎに思いました。いつものように、いじわるな笑い声をあげようとしても、こわばって声がうまく出ません。ほんとうのところ、彼はとても心配だったのです。

「ねずみだらけの地下室で、パンと水だけでくらしているというのに、あの小娘は見るたびにますます元気に、しあわせそうになっていく。それに、一人前の騎士たちにもできなかった、むずかしいしごとをつぎつぎにやりとげて、困った顔ひとつしない。その秘密はいったい、なんなのだろう」

ボックスはいくら考えても、アリーテ姫がいったいどんな人間なのか、まったく理解できませんでした。

三つめの問題は、アリーテ姫には、むしろすてきなしごとに思えました。心配するアンプルさんと小さな蛇、庭師のおかみさんとその娘、それにアンプルさんの二人の姪に、姫はほほえんでいいました。

「前からその銀色のめす馬に乗ってみたかったの。風のように速くかけるなんて、なんてすてきなんだろう」

「わたしにはとてもむりですよ。でも、あなたならきっとだいじょうぶ」

アンプルさんは、そう太鼓判を押しました。

「わたしもいっしょに行けますか」

小さな蛇の質問に、姫は答えました。

「馬は蛇が苦手でしょう。馬をおどろかせたくないのよ。だから、こんどは留守番ね。だいじょうぶ、すぐに帰ってくるから。たぶん三日くらいでね。そうそう、アンプルさん、用意してほしいものがあるんですけど」

「もちろん、なんでもいってちょうだい」

アンプルさんはそういいました。

つぎの朝早くアリーテ姫は、アンプルさんが用意してくれたニンジンとリンゴと角砂糖を、両方のポケットいっぱいにいれて出発しました。太陽がかがやき、そよ風が木々の葉をふるわせ、草のうえにさざなみをたてています。ボックスの城にきてから何週間も、だいすきな乗馬ができなくてつまらない思いをしていたアリーテ姫は、元気いっぱいで、とてもしあわせな気分でした。

歌ったり、スキップをしたりしながら何時間も歩いて、やがてロンリー草原につきました。そこは、一面の緑のなか、赤いけしの花と黄色いひなぎくが咲きみだれ、それはそれはきれいです。遠くに目をやると、銀色の馬がしずかに草を食べているのが見えました。馬はアリーテ姫を見ると、ピクンと頭をあげ、たてがみを振って走りさろうとしました。馬をおどろかせたくない姫は、そうっと草のうえにすわりました。

いままでにもたくさんの男たちがやってきましたが、みんなガチャガチャと重いよろいかぶとを身にまとい、馬を見つけるやいなや、ロープを振りまわして、大声をあげながら追いかけてくるのです。でも、この少女はようすがちがいます。馬はしばらくアリーテ姫を見ていましたが、姫がさけび声もあげず、ロープを振りまわすこともしないと知ると、すこしずつ近づいてきました。

アリーテ姫がポケットに手をいれると、馬はたてがみを振り、あらい鼻

息をたてて走りさろうとしました。ロープを取りだすのではないかと思ったのです。でも、手のひらには、小さな白い四角いかたまりがのっていました。ふんふんとにおいをかいでみると、おいしそうなにおいがします。馬は姫のすぐそばまでやってきて、首をのばし、かたまりを口にしました。とてもおいしかったので、馬はまっ白なじょうぶな歯で、バリバリと音をたてて砂糖を食べました。アリーテ姫は砂糖をやりながら、馬のつやつやした首をやさしくなでます。馬はいなないて逃げましたが、姫が追いかけてこないとわかると立ちどまって、また草を食べはじめました。

つぎの日、アリーテ姫は朝日がまぶしくて目をさましました。のびをしてからおきあがり、小川で顔をあらって水をのみました。すこしお腹がすいてきたので、リンゴとニンジンをひとつずつ食べました。そして、草のうえにすわってじっとしていました。すると、すぐに馬が近づいてきて砂糖をねだりました。アリーテ姫はリンゴもやりました。馬はとてもおいし

そうに食べました。ロンリー草原にはリンゴの木がなかったのです。馬は一日じゅう姫のそばで草を食べてすごし、ときどきリンゴやニンジンや砂糖をもらったり、なでてもらったりしに近づいてきました。

日がしずみかけるころ、アリーテ姫はいよいよ馬に乗ってみることにしました。姫がそっと首をなでてから、ひらりと背にとび乗るやいなや、馬は前あしを高く上げて、後ろあしで立ちあがりました。アリーテ姫は乗馬がじょうずでしたが、鞍もなければ、つかまるところもありません。気がついたときには、草のうえにすべり落ちていました。

馬はすこしだけ走って逃げましたが、すぐにスピードをゆるめました。いままで馬に乗ろうとした騎士たちは、重く冷たいよろいで馬をおどろかせてしまったのですが、アリーテ姫はちがいます。この少女は軽くてしずかで、着ている服もやわらかくてあたたかでした。馬はこわがらず、すぐにまた草を食べはじめ、アリーテ姫はからだを丸めて眠りました。

その夜、ボックスとグロベルはほくそえんでいました。

「今度こそうまくいったみたいですね、ご主人さま」

「わしたちのほうが一枚うわてだったな」

ボックスは満足そうにいいました。

「あの小娘は、かしこいふりをしていただけだ。よりによって、このわしに！」

そういうと、ボックスはアリーテ姫が手ぶらで帰ってきたときに首をはねるために、また斧をとぎだしたのでした。

アンプルさんと小さな蛇は、おたがいにはげましあってすごしました。

「心配することはないわ。きっとぶじに帰ってきますよ。姫はとてもかしこいから、だいじょうぶ」

「ええ、そうですとも」

と、小さな蛇はいいました。

第8章
さあ、でかけよう

三日めの朝、銀色の馬がポケットに鼻をごそごそ押しつけているのに気がついて、アリーテ姫は目をさましました。姫が近くの小川に水をのみにいくと、馬のほうから姫のあとをついてきました。姫はポケットから角砂糖とリンゴ、それからニンジンを出して馬に食べさせました。そして、食べおわるのをまって、ひらりと背にとび乗りました。こんどは、馬はいきり立ったり、アリーテ姫を振り落とそうとしたりはしません。

姫は馬の背にまたがると、そっと首をなでてささやきました。

「さあ、行きましょう」

それをきくやいなや、馬ははずむようにかけだしました。風のように速く、絹のようにしなやかに走ります。草原をぬけて森をこえ、いくつものお城や村や町をすぎて、アリーテ姫は何時間も、髪の毛を風になびかせながら馬を走らせました。

夕方が近づいてくると、アリーテ姫は銀色の馬にいいました。

「わたしをボックスのお城につれていってちょうだい」

すると、あっというまに馬はむきを変えて、海辺にお城の塔がならんでいるのが見えるところまで、全速力で走っていきました。

ボックスとグロベルは、ひさしぶりの幸福感にひたっていました。

「アリーテ姫は、荒馬にふみつけられて死んだにちがいありません、ご主人さま」

「そうさ、ロンリー草原でのたれ死にさ」

グロベルもボックスも、うれしさに思わずほおがゆるみます。

そのとき、とつぜんひづめの音がきこえてきました。あわてて窓の外を見ると、お城に近づいてくるのは、たしかに元気そうなアリーテ姫です。しかも、夕霧のように美しい銀色の馬に乗っているではありませんか。

アンプルさんと小さな蛇は、アリーテ姫をむかえに庭におりていき、小さな蛇は石のかげに丸まってかくれました。アリーテ姫が馬に乗ってやってきたとき、アンプルさんはほんとうはかけていってキスしたかったのですが、馬をびっくりさせないようにがまんしました。そのかわりに、とびきりの笑顔で姫をむかえました。

ボックスとグロベルの心臓は、もう止まらんばかりです。まっ青になってふるえだしたボックスがさけびました。

「アリーテ姫を殺せ！」

「それはいけません、ご主人さま。姫は三つのしごとをやりとげたのです。

約束がちがいます」

「なにッ、約束だと」

ボックスは金切り声でどなります。

「それがどうしたッ、こうなったのも、みんなおまえのせいだぞ。おまえも覚悟しろ！」

ボックスは斧をつかんで振りまわしながら、グロベルを追いかけて庭におりていきました。グロベルはぬかるみに足をすべらせて、ころんでしまいました。ボックスがグロベルのうえにのしかかって呪文をとなえると、ひとすじの緑色のけむりがグロベルのからだから立ちのぼりました。そこには、ひき蛙が一匹、ピョンピョンとはねているだけでした。

まだ夕食を食べていなかった小さな蛇は、とってもお腹をすかせていたので、馬が蛇をこわがることもすっかり忘れて、石の後ろからスルスルと出てきました。そして、ひき蛙をつかまえると、あっというまにペロリと

のみこんでしまいました。

小さな蛇を見た銀色の馬は、おどろいていななくと、アリーテ姫を背中に乗せたまま、後ろあしで立ちあがりました。ちょうどそのとき、蛇を見てギャーッとさけんで逃げようとしたボックスは、高だかと馬にけりあげられ、宙をまうと、つぎの瞬間、いきおいよく地面にたたきつけられました。ボックスは、こうしてあっけなく死んでしまいました。これでボックスの悪だくみもおしまいというわけです。

アリーテ姫は、たてがみにしがみついて、なんとか馬から落ちないですみました。絹のようになめらかな首すじをやさしくなでてやると、銀色の馬は鼻をならして、ぶるんとからだをふるわせました。小さな蛇はスルスルと石のかげにもどっていき、

「グロベルは、ダラボア王子よりずっとおいしかったです」

と、ささやきました。

「よかった、よかった」

と、アンプルさんはあたりを見まわしながらいいました。

「これでボックスとグロベルは一巻の終わりね。せいせいしたわ。もう、あいつのことを心配することはなくなった。さあ、いらっしゃい。夕食よ」

それから何日か、アリーテ姫とアンプルさんは、ボックスとグロベルのいなくなったお城を、すみからすみまできれいにかたづけ、気持ちのいい場所に変えました。小さな蛇と銀色の馬も、だんだんなかよしになっていきました。アリーテ姫は、すっかりきれいになったお城に、小さな金の指輪をくれた魔法使いのワイゼルおばあさんをよびよせました。でも、宝石とひきかえに自分の娘をボックスに売りわたした父親のことは、けっしてゆるそうとしませんでした。

夕方、ほうきの柄に乗ってやってきたワイゼルおばあさんといっしょに、

アンプルさんのおいしい夕食を食べながら、アリーテ姫(ひめ)はいいました。

「ワイゼルさん、ごめんなさい。わたしはこの魔法(まほう)の指輪(ゆびわ)を、あぶないことから逃(に)げるためには使わなかったの」

「それでいいんですよ。水晶(すいしょう)の玉をとおして、わたしにはぜんぶ見えていましたよ。あなたにとって、いちばんつらくて危険(きけん)なことは、なにもすることがない、〝退屈(たいくつ)〟ということなんですものね。それでよかったのですよ」

ワイゼルおばあさんは、大きくうなずきました。

「アリーテさん、こんどはどんなことをするつもりかしら?」

アンプルさんがたずねます。

「この国のひとはみんな、あなたに女王になってほしいと思っていますよ。魔法使(まほうつか)いのものだった土地も、宝物(たからもの)も、永遠(えいえん)の井戸(いど)の水も、ルビーも、ロンリー草原の銀色の馬も、みんなあなたのものです」

「でもね、わたしはもうしばらく、いろいろな国を見て歩こうと思うんです。永遠（えいえん）の井戸（いど）の水と、病気をなおすルビーを持ってね。雨がふらなくて作物（さくもつ）が育たない国や、病気で困（こま）っている国の役にたつことができるでしょう。銀色の馬は、わたしが行きたいところへ、わたしをつれていってくれるわ」

「こんどは、わたしもいっしょに行っていいですか？」

小さな蛇（へび）はちょっと心配そうです。

アリーテ姫（ひめ）は、にっこり笑いました。

「もちろん。銀色の馬はもうあなたをこわがらないし、わたしもあなたといっしょのほうが、旅が楽しいもの。でも、アンプルさんとワイゼルさんには、ここに残ってもらいたいんです。わたしがいないあいだ、この国をしっかり守ってくださいね」

「ええ、そうしましょう」

二人がそう答えると、アリーテ姫は、うれしそうにいいました。

「まずさいしょに、みんながしあわせにくらせるために、よい法律が必要ですね」

「それなら心配いりません。この国のおおぜいの人を集めて、みんなで相談しますから。そうすれば、きっとよい法律ができます」

アンプルさんは胸をはっていいました。（そうして彼女たちは、のちにほんとうにそんな国をつくったのです。）

つぎの日、かがやく朝の光をあびて、アリーテ姫はさっそうと旅立っていきました。

The New Rulers of Arete's Realm

監訳者あとがき

この本は、一九八三年にイギリスの女性だけの小さな出版社 Sheba Feminist Publishers から出版されました。作者のダイアナ・コールスさんは、出版当時、イギリスの小学校の先生で、息子のジョエルくんとロンドン北部で暮らすシングルマザーでした。

一九七五年から八五年の「国連婦人の十年」をきっかけに、日本でも男女差別を解消しようという運動がさかんになり、たくさんの学習会や研修会が各地で行われました。横浜市でも「婦人問題海外セミナー」が開かれ、多くの女性が海外の取り組みを学ぶために渡航しました。

一九八四年、そのセミナーでイギリスを訪れた女性たちは一冊の児童書に出会います。それが、この本「The Clever Princess（賢いお姫様）」でした。「やっと、自分の力で問題を解決していける女の子が主人公の物語をみつけた」と感じた女性たちは、帰国後すぐに翻訳に取り組み、「グループウィメンズ・プレイス」を結成、この本を日本で広めようと、いくつかの出版社を訪ねました。しかし当時、「賢いお姫様の話なんて日本では受けない」と、多くの出版社から断られてしまったのです。そこで、私たち横浜市男女共同参画推進協会（当時は財団法人 横浜市女性協会）が協力し、一緒に翻訳・刊行に向けて動きだしました。そして出版されたのが、この本『アリーテ姫の冒険』です。

一九八九年、「待ってるだけのお姫さまはもう古い！ かしこさと勇気――女の子ならそうこなくっちゃ」というキャッチコピーで刊行されると、『アリーテ姫の冒険』は、またたくまにベストセラーになりました。当時の読者カードには「やっと娘に読んであげたい話がみつかりました」「若いころにこの本に出会いたかったです」という声もありました。当時は、いまよりもっと「女の子は～じゃなきゃ」「男の子なら～であるべき」という考えが強かったのです。

このたび、日本での刊行から三十年がたち、絶版の状態にあった『アリーテ姫の冒険』にもう一度光を当てたいとの思いから、私たちは〝『アリーテ姫の冒険』再びプロジェクト〟を立ち上げました。刊行当時の状況について訳者や担当編集者の方にお話をきいたり、アニメーション映画『アリーテ姫』上映と片渕須直監督の講演イベントを開催したりしました。そして、復刊に必要な資金をクラウドファンディングでつのったところ、予想を上まわる多くの皆さんに応援していただき、ついに復刊の夢が実現しました。

今回の復刊では、一九八九年の訳文をもとに、省略されていた部分も一部再録するなど改訳しました。監訳と構成は当協会の納米恵美子、植野ルナ、斎藤孝子が担い、英米文学研究者の宮永隆一朗さんにも多くのご助言をいただきました。また『アリーテ姫』上映会の企画は金涼子が、クラウドファンディングは小林由希絵が担いました。

「ありのままに、自分らしくいきいきと生きてよいのだ」と私たちを励ましてくれたアリーテ姫の物語を、男女共同参画センター横浜の開館三十周年の節目に再び皆さんへお届けできることをうれしく思います。復刊をご支援くださったすべての方に、心からの感謝をこめて。

アリーテ姫は、ワイゼルさんにもらった魔法の指輪を、自分の生活を楽しく素敵にするために使いました。あなたなら、何のために使いますか。

二〇一八年十一月
公益財団法人　横浜市男女共同参画推進協会
『アリーテ姫の冒険』再びプロジェクト一同

著者　ダイアナ・コールス（Diana Coles）
イギリス在住。小学校の先生として，特別な教育的ニーズをもつ子どもたちを教えてきた。歴史やイギリスの伝統文化にもくわしく，息子のジョエルくんの独立後は，考古学の博士号をとり遺跡の発掘調査にたずさわるなど，いまも活発にくらしている。

挿絵　ロス・アスクィス（Ros Asquith）
アメリカ在住。イラストレーターとして絵本や少年少女の本を数多く描き，『ガーディアン』紙で20年以上にわたり連載をもつ。

訳者　グループ ウィメンズ・プレイス
監訳　公益財団法人 横浜市男女共同参画推進協会

カバーイラスト　丹地陽子
ブックデザイン　藤田知子

アリーテ姫（ひめ）の冒険（ぼうけん）

2018年11月15日　第1刷発行
2023年3月20日　第5刷発行

定価はカバーに表示してあります

著　者　ダイアナ・コールス

発行者　中川　進

〒113-0033　東京都文京区本郷2-27-16

発行所　株式会社　大月書店

印刷　精興社
製本　ブロケード

電話（代表）03-3813-4651　FAX 03-3813-4656　振替00130-7-16387
http://www.otsukishoten.co.jp/

ISBN978-4-272-40687-6　C8097　Printed in Japan